Edmond PRIOLEAU

[illegible] de la Croix-Rouge, médaillé du Xe Arrondissement

(SIÈGE DE PARIS)

1870-71 !...

SOUVENIRS VÉCUS

« C'est icy un livre de bonne foy... »
MONTAIGNE (*Essais*).

BORDEAUX

[illegible]RET & FILS, LIBRAIRES-ÉDITEURS

15 — COURS DE L'INTENDANCE — 15

1908

Edmond PRIOLEAU

Lauréat de la Croix-Rouge, médaillé du Xe Arrondissement

(SIÈGE DE PARIS)

1870-71 !...

SOUVENIRS VÉCUS

« C'est icy un livre de bonne foy... »
MONTAIGNE (*Essais*).

BORDEAUX

FERET & FILS, LIBRAIRES-ÉDITEURS

15 — COURS DE L'INTENDANCE — 15

1908

SOMMAIRE :

1870-71 !...

Cette évocation douloureuse est-elle utile ?

Elle le deviendra peut-être lorsqu'en adoucissant l'amertume, nous énumérerons les généreux efforts tentés successivement pour atténuer les maux qu'apportaient l'invasion germanique, marée montante humaine s'étendant chaque jour plus avant sur notre chère France.

Glorifier le bien c'est le semer, et Bordeaux nous offre un terrain fertile, le dévouement et la charité y fleurissent en toute saison.

Ici donc, point de racontars de batailles ; le narrateur a monté sa première garde, longtemps après l'âge, dans les murs de Paris fermé où, presque aussitôt, il s'est consacré tout entier aux soins des jeunes militaires hors de combat.

Il ne parlera que de ce qu'il a vu, certainement su, sa sincérité lui tiendra lieu de style.

Tableau de Paris assiégé

Pour trouver un point de comparaison, il nous faut aller jusqu'à presque mille ans en arrière :

En 885, les Pirates du Nord, dont les voiles menaçantes avaient déjà inquiété Charlemagne mourant, les Pirates du Nord remontant la Seine en ravageant le pays sur les deux rives, étaient arrivés jusque sous les murs de l'Ile-Cité, habitée par les enfants des *Parisis*; ils tenaient ceux-ci cernés et affamés pour la quatrième fois depuis quarante ans.

Les *Northmans* comptaient encore piller, incendier et repartir bientôt leurs nombreuses barques chargées d'un riche butin; mais la vieille Lutèce s'était prémunie, aguerrie, mieux armée; elle lutta longtemps, et assez longtemps sut mal vivre pour éviter une nouvelle souillure du pied de l'Etranger.

Le 6 février 886 — le siège durait encore — le Petit-Pont, où aboutissait sur la rive gauche la voie romaine du Midi, venait d'être rompu par une crue du fleuve ; la tour de bois destinée à défendre l'entrée du pont était restée seule ; les douze Parisiens composant sa garnison s'étaient fait tuer jusqu'au dernier, et l'ennemi avait brûlé la tour.

Ce fait est relaté sommairement sur une plaque de marbre qui donne la liste des douze *héros*, comme les qualifie à bon droit la légende gravée, lisible place du Petit-Pont, n° 1. L'administration a bien agi en immortalisant le nom de ces braves ; le passant curieux s'incline après avoir lu et retient la leçon d'histoire.

Elle dut être bien petite pour les assiégés de 885, l'Ile-Cité, puisque nous devions ne plus trouver assez grande l'immense ville de 1870 !

Complètement investi dès le 19 septembre, Paris transformé, devenait méconnaissable : les parcs d'artillerie, les prolonges du train débordaient les jardins publics ; sur les avenues, de longues files de tentes et d'écuries ; plus loin, les arbres servaient d'abri au bétail vivant trop considérable pour qu'on puisse espérer en profiter longtemps utilement, la maladie étant plus à craindre encore que le manque de fourrage.

Chaque maison avait déjà une allure de caserne, les habitants allant et venant équipés officiellement ou revêtant les costumes variés des corps de volontaires.

Le mouvement normal du commerce, de l'industrie, des arts, se ralentissant, ne tarderait pas à être entièrement arrêté, il n'y aurait bientôt plus pour les hommes que deux professions, soldat ou infirmier.

Pour les femmes, vous savez comment leur existence a été difficile et leur conduite admirable : faisant des miracles à mesure que les provisions diminuaient afin d'en masquer la pauvreté ; pourvoyeuses de la maisonnée, il leur fallait, la carte des rations à la main, prendre rang, attendre des heures à la porte du boucher, par le vent, la pluie... et le froid rigoureux.

Nos pourvoyeuses étaient contentes lorsqu'elles rapportaient un joli morceau de cheval d'omnibus, de fiacre ou de courses (car il a fallu les réquisitionner tous, n'en laissant vivre que l'indispensable à la défense).

Souvent, la ménagère rentrait désolée, n'ayant reçu à la boucherie dégarnie qu'un peu de charbon, oui, du charbon devant griller la viande promise pour le lendemain. Que faire ? le lait, le beurre, les œufs, ménagés pour les malades, étaient fort chers ; alors, le café noir, le vin sucré, le chocolat à l'eau, le riz en salade sauvaient la couvée pour un jour encore.

Plus repus devaient être les estomacs hardis et solides qui achalandaient les boucheries spéciales où les rats, les chiens et les chats faisaient paisible voisinage..... suspendus dépouillés au plafond.

Les pommes de terre étaient hors de prix, les légumes secs n'ayant pu entrer venant de l'Est, il n'en restait que le petit stock arriéré de la saison précédente ; pour les légumes et verdures d'hiver, on est demeuré tout le temps à la merci des maraudeurs que l'on laissait sortir à leurs risques et périls et qui savaient, en rentrant leurs besaces pleines, se faire payer gros les coups de fusil qu'ils disaient avoir bravés.

Si le pain au moins fût demeuré possible !... vous avez dû voir un spécimen de ce qu'on eût l'obligation de nous imposer : les balayures de grenier, paille et bois compris, les débris de graines quelconques y tenaient plus de place que la farine, le tout avec un goût de poussière très prononcé ; on ne parvenait à ingurgiter des parcelles de ce prétendu pain qu'après l'avoir fait griller... et encore !...

Complétons ce tableau : le combustible manquant peu à peu, la maigre chère de chacun dut cuire au bois vert des arbres coupés sur les boulevards extérieurs, le gaz dut être suppléé dans les rues par des petites lampes au pétrole, de loin en loin ; sauf pour le service militaire on ne sortait plus le soir, ou l'on rentrait de bonne heure, et habitué qu'on était aux échos de la canonnade, on s'y endormait comme au tranquille avertissement du guetteur de jadis.

Vous avez lu ou entendu raconter tout cela, et tout cela, en effet, a été patiemment supporté ; ce qui a été réellement pénible pour beaucoup d'entre nous, c'est le silence forcé de la famille absente : nous écrivions à chaque lancement de ballon, nous ne recevions rien en échange. Quand les pigeons purent rapporter quelques dépêches photo-microscopiques répondant par *oui* ou *non* à une des demandes permises, on fut beaucoup soulagé.

Mais jusque-là, quel parti cruel l'ennemi sut tirer contre Paris de cette difficulté des communications dont le gouvernement souffrait autant que nous.

Les nouvelles qui auraient pu encourager, n'arrivaient jamais ou elles étaient incroyables à force d'exagérations ; les mauvaises — elles se suivaient rapprochées celles-là — s'infiltraient partout immédiatement.

La reddition de Metz fut annoncée comme devant être signée ce jour-là, le *27 octobre,* par le journal de Félix Pyat, le *Combat*, mettant le gouvernement au défi de démentir la défection de Bazaine ; le gouvernement nia timidement et, son doute détruit, il lui fallut avouer certaine la désolante nouvelle le 31 octobre au matin, quatre jours après le journal révolutionnaire.

Tumulte, émeute, cris de fureur : *Trahison ! Vengeance ! A bas Trochu ! Sortie en masse ! Guerre à outrance !* Envahissement de l'Hôtel de ville où le gouvernement entier s'était rendu bénévolement et où, plus bénévolement encore, il se laissa enfermer dix à douze heures et garder à vue par les *Volontaires de la mort* qui obéissaient à Gustave Flourens, le *Major de Rempart*, titre pompeux que s'était décerné celui qui s'en parait ! Gustave Flourens pérorant, injuriant, debout sur la table des délibérations et y promenant à grands pas ses formidables éperons..... que fuyaient les mains de nos malheureux chefs de la Défense.

La Défense, où était-elle durant ces lugubres heures, et comment l'ennemi n'a-t-il pas profité de ce désarroi pour forcer l'entrée ? Il s'en serait bien gardé, espérant nous laisser entregorger ; il y avait travaillé et comptait bien y travailler plus sûrement quelques mois après !

Les fauteurs de discordes civiles venaient d'essayer leurs forces ; pardonnés le lendemain, ils devaient fatalement recommencer et nous allions trop tôt les revoir à l'œuvre.....

Cette journée du 31 octobre était la préface de la Commune !

La Croix-Rouge et la Société française de Secours aux blessés

Si la guerre civile est criminelle, la lutte entre nations est effroyable.

Pour en amoindrir les terribles effets, pour dégager la guerre d'un reste de cruauté antique, l'Europe moderne s'est enfin décidée à établir un contrat rendant *sacrés les blessés militaires et respectant les personnes qui les soignent;* grand acte de justice humanitaire, la *Convention de Genève*, déjà bénie, le sera davantage encore généralisée, car cette Croix rouge, adoptée par elle comme un signe de ralliement, est un symbole disant à tous ceux qui ont l'honneur de le porter : « Charité jusqu'au sacrifice ! »

La Société française de Secours aux blessés militaires, peu expérimentée avant les événements de 1870, avait été prise au dépourvu par la hâte avec laquelle la guerre avait été déclarée et engagée; mais le Conseil central s'était mis au travail, tout frémissant d'ardeur, et, le 4 août, il avait pu diriger vers Metz et Nancy un premier convoi de cent personnes (chirurgiens et infirmiers, aumôniers et pasteurs), sept voitures et vingt-sept chevaux; il avait, avant la fin d'août, fait partir vers Sedan seize autres convois.

Au milieu de septembre, l'action s'étant rapprochée de la Capitale, et les blessés ou malades commençant à y arriver, la Société créa des ambulances sédentaires et aussi des petits convois d'ambulances volantes pour transporter les blessés du lieu du combat jusqu'à Paris.

Il est juste de déclarer qu'elle fut aidée dans ses efforts par le Comité des Ambulances de la Presse, dont nous reparlerons, et par les Sociétés de la Croix-Rouge de Belgique, de Suisse, d'Angleterre, de Turin et de Hollande qui, dès la fin d'août, avaient envoyé des ambulances de campagne, bien organisées en personnel et parfaites au point de vue matériel. Voilà de la solidarité bien comprise et l'on ne saurait avoir trop de reconnaissance envers ceux qui ont si bien pratiqué cette louable solidarité.

La Société française avait son quartier général au Palais de l'Industrie qui remisait des chevaux et voitures, elle y installa des blessés ; puis, pour loger les recueillis à mesure, elle fit construire des baraquements sur le Cours-la-Reine, appropria les Tuileries, le palais du Corps Législatif, elle organisa des ambulances de passage à la gare du Nord et, enfin, elle s'affilia, en les faisant profiter des dons qu'elle avait reçus, *trois cent cinquante* ambulances urbaines, ne devant accepter en principe que des malades ordinaires et des contusionnés.

C'est une de ces trois cent cinquante ambulances que dirigeait l'homme qui trace ces lignes ; si elle fut une des moins importantes (elle n'avait que douze lits), elle fut aussi l'une des plus modestes, car en honnête fille qu'elle était, elle n'a jamais cherché à faire parler d'elle.

Nous n'avons lu son nom imprimé qu'une fois, dans les *Souvenirs*, du célèbre acteur Bouffé, publiés en 1880 ; l'ancien *Gamin de Paris* n'avait jamais oublié le Gymnase dramatique, berceau de ses plus grands succès, et, en décembre 1870, apprenant que le drapeau de la Croix-Rouge flottait au-dessus de son Théâtre préféré, il était accouru s'offrir comme infirmier. C'est avec une respectueuse émotion que nous lui avions dit merci, le reconduisant satisfait de notre promesse d'accepter des bandes, des compresses, de la charpie ; il en avait installé une fabrique au milieu de sa famille et en fournissait les ambulances du Théâtre-Français et de la Porte-Saint-Martin, où largement approvisionné de linge, comme nous, par la Société française, on recevait ce qu'apportait l'estimé vétéran, pour ne pas le désobliger.

M. Alexandre Piédagnel, un poète et un érudit, a groupé ses impressions de visites à une trentaine d'ambulances, et, bien qu'il ne soit pas monté à celle du Gymnase, ni, du reste, à celle du Théâtre de la Porte-Saint-Martin où Mme Marie-Laurent était le vrai chef, j'honore l'auteur quand même ; il m'a offert son Recueil dans lequel je vais puiser quelques notes intéressantes. Et nous allons le suivre hâtivement dans son pèlerinage :

Ministère de la Marine. — Salons dorés avec 100 lits, occupés par des malades appartenant uniquement à la marine.

M. Klein (rue Nicolo, Passy). — L'Hôte, ancien juge au Tribunal de commerce, est puissamment aidé par Mme Klein que secondent des sœurs de la Sagesse et quelques dames du quartier.

Ecole des Frères (rue Raynouard). — 100 lits.

Maison du docteur Blanche (Passy). — Le célèbre aliéniste y soigne paternellement 10 blessés.

Mme Ménier et Mlle Louise Bader (rue Singer). — Mlle L. Bader, directrice de la *Revue Populaire de Paris*, et son frère, docteur en médecine, 6 lits, dont les occupants sont traités comme les fils de la maison.

Comité des ambulances de la Presse. — Trente baraquements, Avenue de Longchamps, fort ingénieusement aménagés.

Magasins du Louvre. — 20 lits (premier étage).

Théâtre-Français. — Administration : MM. Edouard Thierry, Verteuil et Guillard, secrétaires.

Infirmières : Mmes Favart, Madeleine Brohan, Jouassain, Emilie Dubois, Edile Riquier, soignant les malades en véritables sœurs.

Palais-Royal. — 6 grands salons, 50 lits ; trois sœurs de charité aidées par un grand nombre de dames du 1er Arrondissement.

Hôtel Arsène Houssaye (Avenue Friedland). — 10 lits. Le fils de l'élégant écrivain expose sa vie comme officier de Mobiles, tandis que son père essaye de rendre à nos armées quelques jeunes braves guéris.

Chemin de fer de l'Ouest (rue d'Amsterdam). — 85 lits, entretenus par la Compagnie.

Hôtel Günzburg (rue de Tilsitt). — 30 lits.

La sœur Gabrielle affirme que les maîtres de la maison

lui donnent tout ce qu'elle leur demande en disant : nous n'en ferons jamais assez !

Théâtre de l'Odéon. — 22 lits.

Sarah Bernhardt, le jeune Zanetto du *Passant*, de François Coppée, apporte ses consolations et ses encouragements aux pensionnaires de l'ambulance.

Palais du Luxembourg. — 330 lits, dont 10 sont réservés aux officiers dans l'appartement du Président du Sénat.

Eglise de la Trinité. — Aspect impressionnant et un peu sombre, 76 lits ; soins donnés par le clergé et les dames de la paroisse.

Hôtel Richard Wallace (Boulevard des Italiens). — 35 lits entretenus généreusement par l'ami des pauvres, connu par le modèle des Fontaines portant son nom.

Couvent de l'Assomption. — 100 lits, réservés aux blessés, tous les frais supportés par la communauté.

Théâtre des Variétés. — 20 lits.

Chemins de fer du Midi. — Salle des Archives du Chemin de fer de Lyon, 20 lits.

Cure de Saint-Philippe-du-Roule (11, rue de Monceau). — 30 lits ; sœurs de Saint-Vincent-de-Paul.

Pensionnat des Sœurs de Saint-Joseph (17, rue de Monceau). — 16 lits. Les pensionnaires, dont une de quatre ans, se plaisent à apporter à leurs malades les desserts quotidiens, hélas ! bien exigus.

Mme la baronne de Rothschild (19, rue Laffitte). — 20 lits. La riche Hôtesse, vaillamment aidée par Mme Davreux.

Baron Gustave de Rothschild (rue Laffitte, 23). — 12 lits, dont le confort est digne du financier.

Chemins de fer d'Orléans (rue de Londres). — 100 lits.

Grand-Orient de France (rue Cadet). — 40 lits. Tous les soins donnés et toutes les dépenses fournies par les membres de la Société.

Grand Hôtel (boulevard des Capucines). — 246 lits ; au service de la Société française de Secours aux blessés.

Ambulance Américaine (avenue Uhrich). — Les blessés sont soignés sous de vastes tentes, en toile imperméable, où les malades parfaitement établis reçoivent les soins de dames Américaines.

Hôpital Hahnemann, du nom du fondateur de l'Homéopathie. — 6 lits.

Hôtel de Riario Sforza (Passy). — Dans l'atelier du peintre Yvon de nombreux lits sont dressés et toujours occupés.

Théâtre Italien. — 30 lits. Tout le généreux personnel de cette ambulance est italien (directeur, administrateur, actionnaires et artistes).

Collège Chaptal (boulevard des Batignolles). — 700 lits, dont 40 sont à la charge spéciale du Comité de la Suisse protestante ; parmi les blessés il y a un volontaire de seize ans que ses camarades déclarent s'être battu comme un lion... et le pauvre enfant sera peut-être mort demain.

Société de Secours aux blessés militaires (rue Laffitte). — A été d'abord au Palais de l'Industrie, ensuite à l'Elysée et enfin rue Laffitte ; administration : MM. le comte de Flavigny, président ; de Beaufort, secrétaire général ; comte de Sérurier, vice président. La Société qui a reçu de la France et de l'Etranger une grande quantité de dons, en nature et en numéraire, en fit profiter toutes ces ambulances urbaines.

Après ces extraits qui portent l'empreinte d'une loyauté immédiate, et où nous n'avons pu reproduire les élans du cœur du Poète, qu'est M. Alexandre Piédagnel, l'image lointaine de l'ambulance du Gymnase va vous paraître bien pâle..., je vous la dois telle quelle :

Le Foyer du public, avec cinq fenêtres sur le boulevard Bonne-Nouvelle ; 12 lits de fer, 6 de chaque côté, faisant espace au milieu, où un poële en faïence donne asile et garde chaleur à plusieurs pots de tisane ; auprès du poële, deux fauteuils, quelques chaises, une table avec des publications illustrées anciennes.

Le personnel, deux docteurs (*) alternant à jour passé; autour du chef inamovible, l'économe du Théâtre, le chef machiniste, la famille du gardien et, enfin, les petits employés de la maison. recevant seuls une légère rétribution.

Tous les services assurés strictement, il échéait à nos Dames artistes la mission d'apporter au Foyer hospitalisé la grâce et la bonne humeur; elles venaient, à tour de rôle, dans l'après-midi, leur sac chargé d'une broderie ou d'un livre, et surtout de friandises, égayer nos malades, leur servant une collation, causant avec eux ou leur faisant la lecture, nous aidant à les panser quelquefois.

De plus, elles enrichissaient leur ordinaire de conserves et de bon vin, cela tombait toujours à merveille : la viande étant rare, nous n'avions d'autre bouillon que celui obtenu par des tablettes dont, par bonheur, j'avais fait à temps une ample provision.

Deux seulement de nos bonnes fées sont demeurées en évidence : Mme Blanche Pierson, aujourd'hui sociétaire au Théâtre-Français ; Mme Marie Magnier, qui porte sa grâce et son talent aux Théâtres du Palais-Royal et des Variétés, tour à tour.

Nos jeunes hommes étaient aux bataillons de marche ou aux francs-tireurs, s'y comportant bien ; nos hommes mûrs se faisaient nos infirmiers le jour, et la nuit allaient grossir les patrouilles urbaines qui, par parenthèse, n'ont jamais eu à arrêter personne, pas même un buveur attardé.

C'était l'hôpital Lariboisière, voisin de la gare du Nord, qui nous envoyait partie de son surcroît; nos lits, ayant reçu plusieurs occupants successifs, quarante-huit jeunes soldats ont été confiés à nos soins : leur bulletin portait, presque invariablement, *bronchite*, mais nos docteurs, dès la première inspection, avaient constaté autrement de gravité dans l'état de l'arrivant.

Nous avons eu quatre éclosions de petite vérole du soir

(*) Messieurs Courrau et Bourreau.

de l'entrée, où rien ne paraissait, au lendemain matin ; il nous a fallu, chaque fois, au grand chagrin du contagieux, le retourner en voiture et bien emmitouflé, au directeur de Lariboisière.

Nous avons guéri des pieds gelés, des jaunisses, une fièvre muqueuse, et des bronchites, pas toutes, malheureusement, car il s'est produit quatre décès, c'est trop, sans doute, ce résultat pourtant a été classé dans les faibles moyennes ; et M. Bourreau, l'un de nos docteurs, a été décoré.

Chacun de ces quatre décès nous a paru également dur à accepter comme fait brutal, mais l'impression morale a eu ses degrés dans la tristesse :

Nous avons perdu deux petits lignards le lendemain même de leur arrivée ; nous ne les connaissions que pour les avoir reçus le soir, fait changer de linge et prendre bouillon ou tisane ; il semblait que la rude faucheuse, clémente par hasard, eût attendu de les voir proprement couchés dans le bien-être d'un repos longtemps souhaité..... elle les avait pris, discrètement, dans leur sommeil, qu'elle avait prolongé, voilà tout.

Le troisième : un mobile du Calvados, dont le bulletin portait bronchite — elle était déjà capillaire ! — nous avons suivi et surveillé sa maladie attentivement, douze à treize jours ; il nous a échappé lorsque, le connaissant, nous commencions à nous y attacher.

Le quatrième : un mobile breton (qui parlait bien français) ; ah ! celui-là, nous avions espéré le sauver de sa fluxion de poitrine ; après vingt jours de soins affectueux, cet espoir nous était permis, la déception a été cruelle.

Ce jeune homme avait encore son père et sa mère, il nous en avait parlé en fils respectueux et tendre ; il se voyait retournant travailler là-bas pour les faire se reposer bientôt.

Pauvres parents, j'ai pleuré avant eux, pour eux, sur eux ; je n'ai pas voulu leur apprendre l'affreuse réalité.

Pour les trois autres déjà, je ne m'étais astreint qu'à

remplir minutieusement les feuilles préparées, laissant à l'autorité militaire son obligation d'instruire chaque famille.

Comme compensation à ces moments pénibles, nous avions eu les départs de nos guéris, allant bravement rejoindre ; entre autres, deux Alsaciens qui, tout équipés, sac au dos et le chassepot sur l'épaule, manœuvrèrent au milieu du Foyer ; leur vallée dans les Vosges était occupée par les Prussiens, ils les maudissaient et faisaient le simulacre d'en tuer beaucoup... pour nous remercier ! disaient-ils.

Ici nous ne pouvons laisser passer inaperçus les faits mémorables :

Bombardement de Paris (*), du 6 janvier au matin jusqu'au 28 à minuit; l'Armistice provisoire de trois semaines, ayant été consenti ce jour-là à Versailles. Cet armistice admettait d'autre part l'entrée des vivres sauveurs par toutes les portes de la Capitale, à dater du 1er février au matin.

Le 19 février, il fallut recommencer à négocier pour obtenir la prolongation de l'Armistice et ces négociations furent longues à aboutir.

En attendant, nous avons pu dès le 24 février remettre aux mains de l'autorité militaire nos derniers convalescents.

C'est ainsi que jusqu'au bout nous avons rempli notre devoir.... Le devoir est facile quand on n'a rien autre chose à faire.

(*) Sur la rive gauche, plusieurs de nos ménagères si vaillantes furent tuées, beaucoup d'autres blessées, par les obus prussiens dont bon nombre parvinrent même jusqu'auprès de Notre-Dame (sans l'atteindre !) et autour des Musées du Louvre, où heureusement toutes les ouvertures avaient été murées.

La Gironde durant la Défense nationale et le Comité départemental de la Société française.

J'aborde la seconde partie de ma tâche, je vais cesser de vous répéter avec le Pigeon du Fabuliste :

J'étais là, telle chose m'advint.

Etudiant la Gironde pendant la Défense nationale, il me sera permis de louer sans aucun scrupule de conscience..... Je n'étais pas là.

La *Convention de Genève*, conclue en 1864, la *Société française de Secours aux blessés militaires*, fondée à Paris, en 1866, Bordeaux avait, à cette dernière époque, voulu suivre cette impulsion ; les craintes de guerre écartées, le projet était resté là. Il fut repris sérieusement en juillet 1870 et, cette fois, il aboutit :

Une décision du Conseil central de la Société française, à la date des 3 et 6 août, déclara affilié et reconnu en qualité de *Comité départemental de la Gironde*, le Comité sectionnaire, constitué à Bordeaux, sous la présidence du maire, M. Alexandre de Bethmann, le 19 juillet.

Les opérations du Comité départemental avaient immédiatement commencé et continué sans relâche : son appel à la population du chef-lieu et à toutes celles du département, avait été entendu ; c'est en grande quantité que lui étaient parvenus aussitôt les dons en nature et en argent ; dans ceux-ci, l'obole du pauvre, multipliée à l'infini, représentait même une somme importante.

Le Comité s'était empressé d'envoyer le premier argent récolté au Conseil central de la Société française, et le 17 août, il lui avait déjà fait tenir 200.000 francs pour les ambulances de campagne en formation à Paris. Le Comité avait, en outre, expédié 15.000 kilogrammes de draps de lit, linge et couvertures, pour l'approvisionnement de la Capitale. C'était, des deux façons, payer largement sa bienvenue à la Croix-Rouge.

Alors, le Comité avait procédé à l'achat d'un matériel très compliqué destiné aux ambulances volantes devant suivre les corps girondins; il put même, plus tard, munir l'Intendance militaire, grâce à la prévoyance qu'il avait eue de faire acheter directement à Londres les trousses, les boîtes à amputation, et tout ce qu'il n'aurait pu attendre de Paris inabordable et bientôt fermé.

Le Comité encouragea la création d'ambulances sédentaires, les aida dans leur installation et, ensuite, dans leur fonctionnement.

Il appropria des salles aux gares de la Bastide et Saint-Jean, pour le passage des militaires en corps ou isolés; à la fin de décembre, la gare d'Orléans, seule, avait abrité, nourri, soigné plusieurs milliers de soldats, parmi lesquels deux ou trois Prussiens étonnés de leur douce captivité.

Le Comité secourait les familles que le départ de leur soutien mettaient dans la gêne; les blessés arrivant nombreux du Centre et les hôpitaux n'étant plus assez grands, le Comité fit visiter journellement par ses Délégués les ambulances sédentaires afin d'aviser l'Intendance de la disponibilité des lits. A la reprise d'Orléans par nos troupes, deux membres du Bureau partirent pour cette ville avec d'énormes provisions qui y furent accueillies comme la manne au désert.

Différents corps de mobiles et de mobilisés furent également dotés d'ambulances particulières.

Nous en aurions pour longtemps ainsi à énumérer une à une les mesures intelligentes prises par notre Comité départemental; dans ses utiles largesses, deux sont à signaler : le don de 5.000 francs pour les malades du corps des *Volontaires d'Alsace*, et l'allocation de 10.000 francs à l'*Ambulance Internationale Girondine;* partie le 17 décembre vers Bourges, puis Tours et Le Mans, composée d'un personnel distingué, bien outillée en matériel, cette Ambulance a rendu d'éclatants services durant sa laborieuse campagne de 92 jours, attristée par le décès de son méritant directeur, M. Francis de Luze, ancien secrétaire du Comité départemental, arrêté, à 37 ans, dans son apostolat charitable. Pour suivre les détails de cette entreprise si louable, il faudrait reproduire en entier le rapport du directeur-adjoint. M. Labadie, qui avait succédé dignement au regretté Francis de Luze.

M. Paul Grossard, un autre secrétaire du Comité, et l'instigateur de ces ambulances volantes, avait quitté Bordeaux à la tête de l'une d'elles; lors de la rentrée des Prussiens dans Orléans, M. Paul Grossard s'y était volontairement constitué prisonnier pour ne pas abandonner les Girondins blessés ou malades. Depuis, se réclamant de la Convention de Genève, et gagnant la Suisse, il avait pu ramener son matériel et son personnel, l'économe excepté, Ferdinand Desqueyroux; ce brave garçon était mort de la petite vérole, à Bâle, malgré toute la sollicitude de M. Paul Grossard.

Le mot « *prisonnier* » que nous venons d'écrire — il devait l'être — nous conduit aux cartes de correspondance que le Comité fit distribuer, gratis et par milliers, aux parents qui se mettaient ainsi en rapport avec leurs enfants retenus de l'autre côté du Rhin.

Pour les fonds à leur faire parvenir, un service d'envois de mandats fut établi par l'entremise généreuse de la Maison de Banque J.-J. Piganeau et Fils.

D'autre part, une tentative de bienfaisance spéciale allait être faite. Le vénérable cardinal Donnet, dans sa lettre pastorale du 20 novembre, prescrivait des quêtes et appelait à lui la commisération de tous, sans distinction de foi, ni d'opinion. Une réunion eut lieu le 5 décembre, à l'Archevêché, le Cardinal présidait; sa tentative prenait corps aussitôt sous ce nom :

Œuvre des Prisonniers en Allemagne.

Le noble but clairement indiqué, la réussite ne pouvait être douteuse : des quêtes furent faites dans les maisons, dans toutes les églises, tous les temples de la Gironde et des départements limitrophes; les enfants apportèrent leurs économies et même leurs étrennes qu'ils surent obtenir d'avance. Les dons en nature abondèrent aussi.

Indépendamment des envois qu'elle fit immédiatement, l'Œuvre dirigea, vers la Suisse et l'Allemagne, quatre Délégués, deux par deux, avec mission d'assurer des correspondants, visiter les prisonniers et, enfin, leur préparer des ressources échelonnées au passage pour le retour.

Bref, l'Œuvre des Prisonniers, en arrêtant ses comptes pour liquidation, au milieu de juin 71, put totaliser ses encaissements par 298.862 fr. 89 c. en espèces (dont les 4/5 fournis par la Gironde), et 42 546 fr. 40 c. représentant la valeur des dons en nature.

Après l'excellent emploi qu'elle avait fait de ses ressources, il restait à l'Œuvre un reliquat d'une quinzaine de mille francs qu'elle versa au Comité départemental avec la destination indiquée : 1° Etablir des pierres tumulaires aux lieux où reposent ceux de nos soldats morts en Allemagne; 2° Développer et assurer les hospitalisations thermales et de bains de mer pour les convalescents.

Le Comité départemental a, en effet, continué, longtemps encore après, les hospitalisations, comme il a continué à suivre, à placer ou à secourir ses blessés guéris, ainsi que les familles de ceux qui ont succombé.

C'est dans le rapport de M. Blanchy, vice-président de l'Œuvre des Prisonniers. C'est dans ceux de M. Mestrezat, vice-président du Comité départemental, et de M. le vicomte de Pelleport, alors secrétaire général. C'est dans tous ces rapports, dont je n'ai pas su vous garder l'éloquence, que j'ai recueilli les faits, mais je n'ai pas pu vous citer tous les noms des hommes courageux..... *ils étaient trop!*

Quant à la générosité de chacun et de tous, elle est amplement prouvée par les longues listes des dons en nature et en argent, dons qui, ensemble et pour les chiffres connus seulement, atteignent presque deux millions de francs.

Les Girondins d'Outre-Mer ne doivent pas être oubliés, car ils se sont souvenus, et, dès que cela leur a été possible, ils ont expédié diverses sommes qu'on a remises au délégué du Conseil central dans le Sud-Ouest, le Comte Lemercier.

Les Dames de Naples, Lisbonne, Rio-Janeiro, Buenos-Ayres, Montevideo, par de magnifiques envois de lingerie, ont bien gagné ce rappel de leur charité.

Les 88 ambulances sédentaires de la Gironde ont soigné 12.000 malades; nous avons remarqué, au milieu des 66 ambulances urbaines, la *Néerlandaise* que la société de La Haye avait envoyée, personnel et matériel au complet; après deux mois de séjour parmi nous, le personnel avait dû retourner en Hollande, mais il avait abandonné, amicalement, tout son matériel à notre Comité départemental.

Le lecteur doit se rappeler que, dans les ambulances de campagne prêtées à Paris, nous en avons nommé une, Néerlandaise; c'est donc doublement qu'il nous a obligés, ce petit peuple hollandais, si brave et si bon; il nous faudra l'aimer toujours puisqu'il nous a aimés dans notre malheur.

Comme l'on ne doit pas abuser des meilleures choses, nous ne transcrirons que partie d'une lettre de M. Pironneau, Intendant militaire, au Président du Comité départemental, sous la date du 7 février 1872 :

....

« Nos premiers revers ayant eu pour conséquence de « placer, dès le début, le théâtre de la guerre sur notre « propre territoire et de faire pressentir l'investissement « prochain de la Capitale, il était facile de prévoir que de « nombreuses évacuations de blessés et de malades se- « raient refoulées vers le Midi de la France.

« L'Administration de la Guerre n'hésita pas à faire un « pressant appel aux Sociétés de Secours et à l'initiative « privée. Cet appel fut accueilli avec un enthousiasme « patriotique qui sera l'éternel honneur de la Ville de « Bordeaux, du Comité girondin et de la Délégation ré- « gionale du Sud-Ouest.

....

« Honneur donc et merci, au nom de l'Armée reconnais- « sante, dont je ne crains pas de me faire l'interprète, au « nom de l'Intendance militaire de Bordeaux, dont votre

« concours si intelligent et si dévoué a puissamment se-
« condé les efforts........ »

Tout commentaire affaiblirait la portée de cette déclaration où la belle conduite de la Gironde entière est affirmée, en termes si élevés, avec une franchise si loyale.

Le Conseil central de la Société, cherchant l'occasion de témoigner sa gratitude, a, par décision du 5 février 1875, nommé M. le vicomte de Pelleport son délégué dans la 18me circonscription militaire comprenant la Gironde, les Basses et Hautes-Pyrénées, les Landes et la Charente-Inférieure.

Cette marque de haute confiance donnée à un éminent Bordelais, au Président du Comité départemental, prouve que la Société-mère, appréciant Bordeaux et la Gironde dans leurs services passés, sait bien qu'elle pourrait compter sur leurs services dans l'avenir.

ÉPILOGUE

J'avais projeté de conclure sur ces nobles efforts de la Croix-Rouge, mais mon Titre *(1870-71)* m'oblige à conduire mon esquisse du Tableau de Paris un peu plus loin dans l'*Année Terrible*.

Nous revoilà donc à Paris dans la seconde quinzaine de février 1871 : les négociations se succèdent à Versailles arrogantes chez le vainqueur, timides chez le vaincu.

La Capitulation de Paris est enfin signée : livraison de nos forts; nos canons de remparts couchés au pied de leurs affûts; toute l'armée de Paris prisonnière et l'obligation pour nous de laisser entrer 30.000 Allemands devant camper au Jardin des Tuileries quarante-huit heures, du 1er au 3 mars, — l'Etat-Major Prussien ayant formellement exigé cette humiliation aux Parisiens pour les *punir* de leur résistance prolongée.

Les Allemands sont venus, ils sont partis!.... allons-nous enfin respirer?

Notre Ambulance est vide, le Foyer va retrouver sa destination première, les portes du Théâtre vont se rouvrir.

Nous avons eu la joie d'embrasser nos chers exilés, de serrer les mains de nos gracieuses pensionnaires et celles de nos braves camarades dont aucun ne manque à l'appel; nous n'avons pas eu le triste honneur échu à la Comédie-Française d'en voir expirer un entre nos bras.

« Mes chers enfants, nous dit notre vénéré chef Montigny; à présent, travaillons! le travail est un grand réparateur. »

Le gouvernement légal est arrivé de Bordeaux avec M. Thiers, et l'Administration de la Défense a résigné ses pouvoirs.

Notre vie active reprend son cours et le public, éprouvant aussi le besoin d'écarter les images sombres, nous revient amicalement.

L'après-midi du *18 Mars* nous apporte la déplorable nouvelle des deux assassinats commis le matin à la Butte Montmartre; les braillards du *31 Octobre* y avaient emmenés avec eux de nombreux disciples.... C'était la Commune à laquelle le Gouvernement légal allait être forcé de céder la place et gagner Versailles.

C'était la Commune avec l'anarchie, la curée des places et des grades, ses menaces journalières, sa sanglante mascarade militaire et le drapeau rouge déshonorant nos monuments les plus respectés.

Les *Fédérés* ont remplacé la Garde nationale; leur masse s'était bientôt grossie de soldats indisciplinés ou abandonnés, de paresseux que la vie de corps de garde charmait depuis six mois; cette masse atteignait au nombre de 40.000 hommes environ, étendant sur la Capitale entière une véritable terreur.

Nous allons ainsi jusqu'à la dernière semaine de mai où Paris va subir un nouveau siège; c'est la guerre civile avec toute sa cruauté, et ce seront des Français qui échangeront des balles et des obus.

Les *Versaillais* (et ce nom était proféré par les Communards avec une horreur qu'ils n'avaient jamais éprouvée contre les Prussiens !), les Versaillais, disons-nous, apportaient la délivrance : ils entraient nuitamment par une poterne d'Auteuil et gagnaient la caserne de la Pépinière, près St-Augustin.

Mais notre délivrance ne sera complète, le drapeau rouge ne sera sous nos pieds qu'après la semaine entière de combats incessants, d'incendies allumés par les Fédérés, avinés ou égarés, qui complètent leur œuvre néfaste par le meurtre des otages innocents.

L'Amnistie a voilé ces hontes, mais n'a pu les effacer, et notre devoir est de les flétrir :

Frapper la Patrie blessée, s'acharner à la meurtrir sous le regard approbatif des ennemis triomphants, n'est-ce pas le pire des crimes !

Conclusion

Mai 1908. — Trente-sept années vont être écoulées bientôt ; ces évènements nous ont-ils assagis ?

On en pourrait douter à voir chaque jour l'intérêt de la Nation sacrifié à l'intérêt mesquin des partis... et ils sont nombreux avec leurs qualificatifs plus creux qu'ils ne sont sonores !

Espérons que l'amour pour la Mère-Patrie adoucira, unira ces frères ennemis. Désirons-le ardemment, sans trop l'espérer, hélas !

Pour la guerre entre Nations, l'Europe ne l'évitera que par sa fusion en Etats unis, ce rêve généreux, déjà lointain, d'Henri IV et de Sully.

Ainsi formée, soudée en un immense bataillon carré, l'Europe pourra faire face des quatre côtés à toutes les agressions.

L'Europe est plus que menacée par le dehors, elle a été battue : l'Espagne par l'Amérique du Nord, la Russie par l'Extrême-Orient. A qui le tour, demain ?

Si donc nous voulons la Paix, tenons-nous prêts à la Guerre, selon le vieil adage romain ; et nous, les adeptes de la Croix-Rouge, tenons-nous prêts à soigner nos blessés, avec la science de nos docteurs, le dévouement infatigable des femmes françaises et enfin avec le concours que nous sollicitons de tous, dans la mesure de leurs moyens et de leurs forces !

Vive la Croix-Rouge et vive la France !

Bordeaux. — Imp. J. Pechade, rue Margaux, 20.

APPENDICE

N° 10, *Mercredi 23 Novembre 1870.*

PARAIT
les Mercredi et Samedi
à 10 h. du matin
D. JOUAUST, RÉDACTEUR

LETTRE-JOURNAL
DE PARIS
Gazette des Absents

EN VENTE A PARIS
Rue Saint-Honoré, 338
et au bureau du Figaro
Rue Rossini, 3

Prix : 15 centimes

Avis. — *D'après un renseignement spécial de la Direction des Postes, la carte de* DÉPÊCHE-RÉPONSE *peut être insérée dans la* Lettre-Journal : *la lettre et la carte réunies sont considérées comme ne dépassant pas le poids réglementaire. — Plier la carte en deux, pour qu'elle puisse entrer dans le cadre de la lettre.*

SAMEDI, 19 *novembre* 1870. — Pas de *rapport militaire.*

Ordre du Gouverneur de Paris renouvelant la défense expresse de passer les avant-postes, l'ennemi tirant maintenant d'une manière continue sur des hommes sans armes et même sur des femmes et des enfants. En effet, des personnes qui ramassaient des légumes dans la plaine de Bondy ont été tuées ou blessées en assez grand nombre.

Dépêche reçue de Tours confirmant notre succès d'Orléans, annonçant l'évacuation de Dijon par les Prussiens, et constatant l'état de tranquillité des grandes villes de France que des journaux étrangers nous avaient représentées comme livrées à l'anarchie.

Informations et faits divers. — *Les Dépêches.* A la suite des nos 1 et 2 du journal télégraphique de M Steenackers, les pigeons nous ont apporté les nos 3, 4, 5, 7, 8, 9, 10 : le no 6 seul ne nous serait donc pas parvenu. Nous voilà ainsi presque régulièrement en correspondance avec la province, ce qui va contribuer puissamment à relever le moral de la population parisienne, dont la seule privation véritable était l'absence de nouvelles.

DIMANCHE, 20 *septembre.* — Rapport militaire : 19 *novembre, soir.* Les forts de Bicêtre, Montrouge, Vanves et Issy, ont tiré avec beaucoup de succès sur les positions de l'ennemi, qui a dû évacuer à plusieurs reprises ses avancées. Nos travaux sont poussés sur tous les points avec la plus grande activité

Ordre du gouverneur de Paris au sujet des relations qui tendent à s'établir entre nos avant-postes et les avant-postes prussiens. C'est avec autant de surprise que d'indignation que le général Trochu a appris ces graves infractions à la discipline militaire; il compte sur le patriotisme et l'honneur de l'armée pour que de semblables désordres ne se reproduisent plus.

— *L'Alimentation.* Aujourd'hui que la viande de boucherie nous est donnée à doses homœopathiques, nous nous attaquons à tout ce qui vit et respire, et notre excursion gastronomique à travers toutes les bêtes de la création nous a réservé bien des surprises. Ainsi l'âne et le mulet, que l'on croyait durs parce qu'ils sont entêtés, se trouvent être une chair tendre et délicate; le rat, si mal famé auprès de notre odorat, est un des mets les plus savoureux. Par exemple, le chien paraît justifier sa dureté proverbiale, mais on la lui pardonne en faveur de l'appoint qu'il vient apporter à notre nourriture. Quant au chat, nous en avons tous déjà mangé, et nous feignons de l'ignorer. Que voulez-vous, il faut bien se livrer à cette chasse universelle, quand des denrées qui passaient pour ordinaires montent au rang de mets de grand luxe et se cotent des prix fabuleux. Citons-en quelques-uns, à titre de curiosité historico-culinaire : l'âne et le mulet valent de 6 à 8 fr. le kilog.; une oie se paye de 25 à 30 fr.; un beau poulet, 15 fr.; une paire de lapins, 30 fr.; le jambon, quand il s'en trouve, 16 fr. le kilog.; une belle carpe, 20 fr.; le boisseau de pommes de terre, 6 fr.; un chou, 1 fr. 50 c.; le beurre frais, 40 fr. le kilog. Au milieu de tout cela, l'on mange ce qu'on peut, et l'on accepte gaiement la chose. La résignation, d'ailleurs, est d'autant plus facile qu'on se porte beaucoup mieux qu'au temps de l'abondance, et que jamais l'état général de la santé publique, sauf les cas de variole, n'a été plus satisfaisant. — *La Viande salée.* Nous tirons d'une conférence de M. Bouchardat le renseignement suivant : Pour que la viande salée puisse déterminer le scorbut, il faut en user pendant plus de temps que nous ne le ferons; et d'ailleurs, le vin, qui ne nous fera jamais défaut, est le meilleur correctif de ce genre de nourriture.

LUNDI, 21 *novembre.* — Rapport militaire : 20 *novembre, soir.* Le feu a été très-vif, pendant une partie de la nuit, contre les positions du Bourget. Des combats heureux d'avant-postes ont eu lieu hier à Villetaneuse. Le gouverneur de Paris, ému des tristes événements qui se sont passés dans les journées des 18 et 19 novembre dans la plaine de Bondy, a demandé des rapports circonstanciés aux commandants des avant-postes les plus rapprochés de l'ennemi. Les nouvelles informations ont confirmé les premiers renseignements qui ont été portés à la connaissance du public. Elles ont fait connaître, en outre, un nouvel exemple des inconvénients qu'amènent devant nos lignes de semblables désordres exploités par l'ennemi. Le 19 novembre, à 8 heures du matin, des Prussiens, revêtus de blouses et de pantalons de toile, dissimulant leurs armes, et favorisés par la foule des maraudeurs qui couvraient la plaine, se sont glissés le long de la berge du canal de l'Ourcq, et ont tiré presque à bout portant sur une sentinelle avancée du 1er régiment d'éclaireurs, à nos premiers retranchements.

Arrêté du gouverneur de Paris interdisant tout affichage et placards de journaux, feuilles publiques ou écrits politiques de même nature.

Communication, par le Gouvernement, d'un numéro, en date du 16 novembre, du *Moniteur officiel de Seine-et-Oise*, publié à Versailles par les Prussiens. La pièce la plus intéressante de ce journal est la circulaire adressée aux ambassadeurs de la Confédération de l'Allemagne du Nord par M. de Bismarck au sujet de ses entretiens avec M. Thiers. Le chancelier fédéral blâme hautement notre Gouvernement d'abord de n'avoir pas accepté un armistice de quatre semaines, *sans ravitaillement*, pour l'élection d'une assemblée nationale; ensuite, d'avoir rejeté une seconde proposition, consistant ou dans un court armistice avec le *statu quo*, ou dans la simple convocation des électeurs sans armistice conclu par convention, auquel cas la Prusse aurait accordé toutes liberté et facilité compatibles avec la sûreté militaire. M. de Bismarck conclut de ce double refus que notre Gouvernement n'a jamais voulu sérieusement ni l'armistice, ni la convocation d'une assemblée nationale. — Le Gouvernement annonce pour demain une réponse du Ministre des affaires étrangères à M. de Bismarck.

MARDI, 22 *novembre*. — RAPPORT MILITAIRE : 21 *novembre, soir*. Pendant la nuit dernière, une vive fusillade a eu lieu sur le front de nos lignes du Sud; elle a été appuyée par le canon des forts. Il n'y a eu aucun incident particulier à faire ressortir.

Décret portant réquisition des pommes de terre.

Arrêté décidant qu'à partir du 30 novembre la Compagnie du gaz cessera toute livraison aux particuliers et aux établissements publics.

Circulaire du Ministre des affaires étrangères à tous les agents de la France à l'étranger. C'est à regret que nous ne pouvons reproduire en entier ce précieux document, qui remplirait un numéro entier de notre petit journal. Nous allons l'analyser de notre mieux.

D'abord il n'est pas exact, comme on pourrait l'induire de la circulaire de M. de Bismarck, que M. Thiers ait demandé l'ouverture d'une négociation *au nom du Gouvernement* de la défense nationale, et que la Prusse l'ait acceptée *par égard pour le caractère personnel* de notre envoyé. C'est au nom des puissances neutres que M. Thiers s'est présenté à la Prusse, et c'est l'une d'elles qui a fait auprès de la Prusse la démarche qui a donné à notre négociateur l'occasion d'entrer en pourparlers. Déjà, le 20 octobre, lord Granville adressait à lord Loftus une dépêche communiquée au cabinet de Berlin, et dans laquelle il exposait les raisons d'intérêt européen qui devaient amener la cessation de la guerre. Il y faisait appel en même temps aux sentiments d'humanité du roi de Prusse et à la sagesse du Gouvernement français, qui devait accepter, pour arriver au rétablissement de la paix, « toutes les concessions compatibles, dans la situation actuelle, avec l'honneur de la France. »

En même temps l'ambassadeur anglais insistait à Tours pour la conclusion d'un armistice dans les termes du droit commun, c'est-à-dire *avec ravitaillement* proportionnel à la durée. C'est aussi dans ces termes qu'il fut compris par les autres puissances et directement proposé à la Prusse par une correspondance et des télégrammes auxquels elle adhéra. Notre ministre du commerce avait ensuite arrêté minutieusement les chiffres d'une consommation journalière et modérée, et seuls ils servaient de base à notre réclamation, strictement limitée au nombre de jours de l'armistice. Il est donc inexact que nous ayons demandé *l'approvisionnement sur une grande échelle*; et la Prusse n'eût peut-être pas retiré sa première adhésion aux propositions des puissances sans la reddition de Metz et la journée du 31 octobre, accueillie par elle avec une satisfaction mal dissimulée. L'armistice sans ravitaillement n'était ni équitable, ni sérieux; il ne nous présentait qu'une déception et un péril, et rendait dérisoire la convocation d'une assemblée.

Quant à la convocation d'une *assemblée sans armistice*, le Gouvernement l'aurait adoptée avec joie s'il l'avait crue compatible avec la défense. Il sent trop la terrible responsabilité qui pèse sur sa tête pour ne pas chercher à s'en décharger le plus tôt possible en amenant la convocation d'une assemblée qui était et qui est encore son vœu le plus cher. C'est dans ce sens que M. Jules Favre avait abordé à Ferrières M. de Bismarck, et l'on sait de qui est venu le refus : car n'était-ce pas un refus que de vouloir placer les députés de la France sous le canon d'un fort livré à l'armée prussienne? Une convocation sans armistice, tout en nous épargnant cette honte, aurait livré les élections aux caprices de l'ennemi et à des impossibilités matérielles énervant notre action militaire. Le Gouvernement, ne consultant que sa conscience, a sacrifié à l'intérêt de la défense le vif désir qu'il avait d'échapper aux difficultés inextricables de la situation en s'effaçant devant les représentants réguliers de la France.

Le Gouvernement a maudit et condamné la guerre, il la maudit et la condamne encore aujourd'hui; mais il persiste à penser que discontinuer la défense sans armistice régulier, c'est y renoncer complétement. Le pays tout entier proteste contre une pareille idée. On lui demande de voter : il fait mieux, il s'arme. Déjà nos soldats sont victorieux sur la Loire. Paris, plus résolu que jamais, est prêt à les imiter, et le Gouvernement a la certitude que chacun fera son devoir.

La circulaire de M. Jules Favre se termine ainsi :

« Le Gouvernement n'a donc pas, comme l'en accuse le chancelier de la Confédération du Nord, cherché à se concilier l'appui de l'Europe en paraissant se prêter à une négociation qu'il avait en réalité le dessein de rompre. Il repousse hautement une pareille imputation. Il a accepté avec reconnaissance l'intervention des puissances neutres, et s'est loyalement efforcé de la faire réussir dans les termes que l'une d'elles avait indiqués en rappelant dans son télégramme « les sentiments de justice et d'humanité auxquels la Prusse devait se conformer ». A cette heure suprême, il s'en remettrait volontiers au jugement de ceux dont la voix bienveillante n'a point été écoutée : ce n'est pas d'eux que lui viendrait un conseil de défaillance. Après lui avoir donné leur appui moral, ils estimeront qu'il continue à le mériter en défendant énergiquement le principe qu'ils ont posé; il est prêt à convoquer une Assemblée, si un armistice avec ravitaillement le lui permet. Mais il faut qu'il soit bien entendu qu'en le refusant, la Prusse, malgré toutes ses déclarations contraires, cherche à augmenter nos embarras en nous empêchant de consulter la France : c'est donc à elle seule que doit être renvoyée la responsabilité d'une rupture démontrant une fois de plus qu'elle est déterminée à tout braver pour faire triompher sa politique de conquête violente et de domination européenne. »

DÉPARTS DES BALLONS-POSTE. — Samedi soir, le *Général Uhrich*; lundi soir 21, l'*Archimède*. Ces deux aérostats ont emporté des pigeons.

BOURSE. Derniers cours. 18 novembre : 3 p. 100, 53.45; emprunt, 55. — 19 novembre : 3 p. 100, 53.70; emprunt, 54.65. — 21 novembre : 3 p. 100, 53.50; emprunt, 54.70.

D. JOUAUST

Imprimerie, 338, rue Saint-Honoré

Chère Juliette.

Je t'écris à chacun des numéros de ce petit journal (le samedi et le mercredi), espérant d'abord que tu recevras mon griffonnage, et ensuite que je finirai par recevoir une réponse de toi !.. réponse toujours attendue, et avec une impatience d'autant plus grande !

— Toujours ennuis et impatiences sans résultat !

— La circulaire de Favre (voir par la petite feuille journal ci-jointe) est sage au possible, et devrait mettre enfin les autres nations d'Europe en demeure de nous aider à sortir de là en pesant enfin d'une façon sérieuse sur la Prusse !

Espérons-le !

— Nos ballons arrivent-ils au-delà des lignes prussiennes ?

— Les Pigeons de retour ne sont-ils point tués ou dépouillés par nos ennemis ? = Qui le sait !!

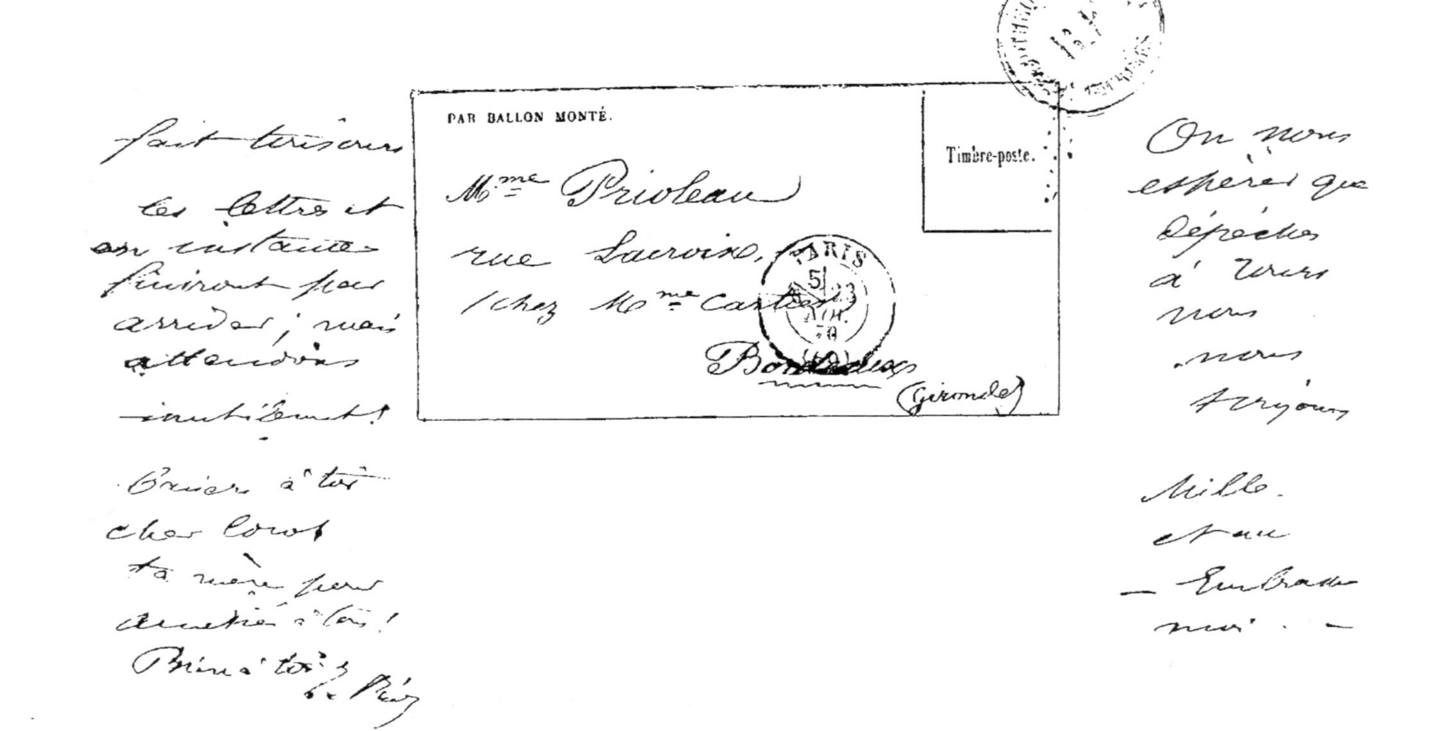
PAR BALLON MONTÉ.

Timbre-poste.

Mme Prioleau
rue Lacroix,
chez Mme Carter
Bordeaux
(Gironde)

PARIS
5
70

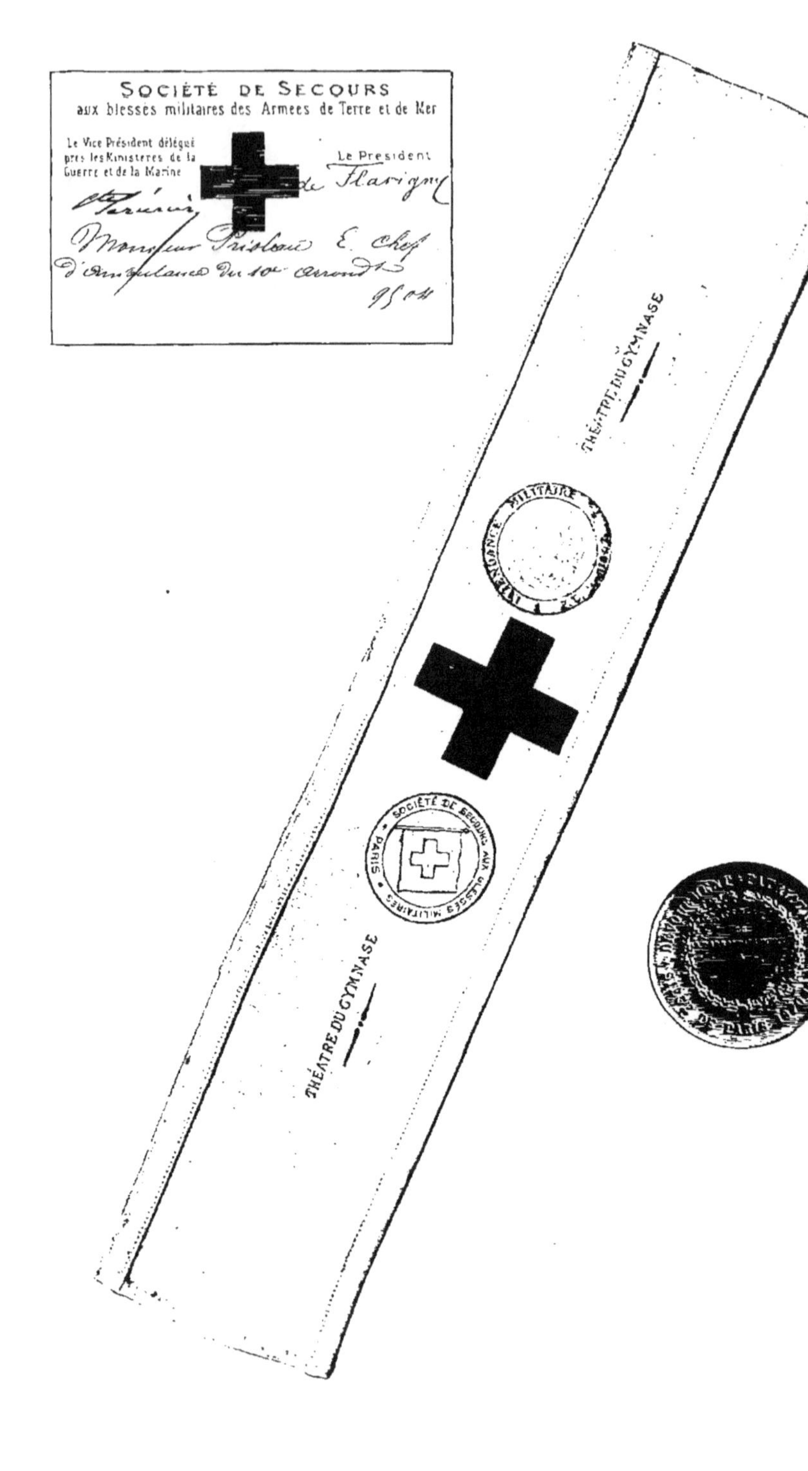
SOCIÉTÉ DE SECOURS
aux blessés militaires des Armées de Terre et de Mer
Le Vice Président délégué
près les Ministères de la
Guerre et de la Marine
Le Président
de Flavigny
Monsieur Prisloux E. Chef
d'ambulance du 10e arrondt
THÉÂTRE DU GYMNASE
INTENDANCE MILITAIRE
SOCIÉTÉ DE SECOURS AUX BLESSÉS MILITAIRES
PARIS
THÉÂTRE DU GYMNASE

MAIRIE
DU Xe
ARRONDISSEMENT
Enclos St Laurent

République Française

VILLE DE PARIS.

Monsieur

La Commission chargée de rechercher et d'honorer les services exceptionnels rendus dans le Xe Arrondissement à l'occasion du Siège de Paris durant l'hiver 1870-1871, vous a décerné à ce titre une médaille destinée à rappeler et le dévouement patriotique dont vous avez fait preuve, et la reconnaissance de vos Concitoyens.

Nous sommes heureux de vous l'offrir, et nous vous prions,

Monsieur,

de recevoir, en outre, l'assurance de notre considération la plus distinguée,

Les Membres de la Commission:

P. Christofle, Conseiller Munical.
F. Dehaynin Consr Mpal
V. Saglier, Consr Mpal
Ch. Séraphin, Consr Mpal
F. Davin, Manufacturier
Debain, Facteur d'Orgues et d'Harmoniums.

Dietz Monnin, Député, Directeur de Cantines.
Labilonye, Député, Directeur Gal des Ambulances de l'Arrondt
Dupré, Directeur du Dépôt de la Cie des Asphaltes
Foellon, Directeur de l'École Colbert.

R. Dubail, Maire.
Degouve Denuncques, Adjoint.
Mansais, Adjoint.
Bocquet, Adjoint.
L. Rouvenat, Ft de Joaillerie.
Veyrat, Ft d'Orfèvrerie, Ancien Juge au Tribunal de Commerce.

Pour la Commission,

Le Maire, Président.

R. Dubail

RÉPUBLIQUE FRANÇAISE
MAIRIE DU Xe ARRONDt PARIS

Monsieur Trioleau

chef de l'ambulance du Gymnase Dramatique

R.F.

Par Ballon libre

Mme E. Frisbeau(?)

rue Lacroix, 11,

Bordeaux Gironde

Bonne santé toujours, ennuis, dont le plus grand est de ne pas te voir avec le cher Coco, et de ne pas avoir de vos nouvelles.
– Pas de bombardement encore : – On vit encore bien ! Tronfron trouve le cheval excellent !

Ton vieux mari, E. Frisbeau

www.ingramcontent.com/pod-product-compliance
Lightning Source LLC
Chambersburg PA
CBHW060847180626
46818CB00004B/1625

* 9 7 8 2 0 1 4 4 6 9 5 6 1 *